CHRONIQUES DU MENTEUR

BORIS VIAN

Chroniques du menteur

TEXTES ÉTABLIS PAR NOËL ARNAUD

LE LIVRE DE POCHE

ISBN : 978-2-253-14737-4 – 1ʳᵉ publication LGF

AVERTISSEMENT

Si nous armions de notes et commentaires les *Chroniques du menteur,* le lecteur en serait accablé.

Il n'est quasiment pas une ligne de ces textes qui ne se fonde sur l'actualité littéraire, artistique, dramatique, politique et tuttiquantique la plus immédiate. Une actualité que les hommes d'âge et graves estimeront déformée, trahie, paradoxisée au point de n'apparaître plus que foutaise et billevesée.

Les plus zélés de nos jeunes et moins graves lecteurs, qui ont toujours ignoré si Maurice Schumann (aujourd'hui de l'Académie française comme vous et moi, et donc correctement vêtu plusieurs fois l'an) portait ou non en 1946 un pantalon sous sa soutane, ces lecteurs-là s'imposeraient à chaque écueil de sauter du texte aux notes et s'écrouleraient en moins d'une heure au coin de la table, la tête lourde, l'œil ichtyomorphe, comme un soir de mauvaise ivresse. Qu'ils évitent ce fâcheux état ! Nous les y aidons — conscient d'accomplir un devoir salubre — en leur épargnant tout apparat, appareil, parade ou parure critique, voire la moindre apostille explicatoire.

Au demeurant, les hommes graves se trompent : l'actualité de Boris Vian n'est pas seulement plaisante (bien plus plaisante que la « vraie ») ; elle est grosse de virtualités ; elle frôle à tout instant le prophétique.

La Môme Piaf anoblie par le Pape avec le titre de baronne Piaffe, ç'aurait pu être, puis canonisée sous les espèces de Marie-Edythe, duchesse de Piaffe, il s'en est fallu de peu, et l'avenir n'a pas dit son dernier mot. Le grand maître de la Série Noire, Marcel Duhamel, est-il le fils d'un certain Georges Duhamel ? Question oiseuse aujourd'hui : Marcel est à jamais illustre quand le nom de Georges, à peu près effacé, n'a quelque chance de subsister qu'à la faveur de ce procès en paternité (cela dit sans attenter à la mémoire de Georges Duhamel dont nous pourrions personnellement, si nous écrivions — ce qu'à Dieu ne plaise — nos souvenirs, rappeler plusieurs actes courageux en un temps où le courage coûtait cher). Quant aux hommes politiques, leur prêter en 1946-47 des opinions alors tout à l'opposé des leurs, n'était-ce point souvent anticiper les opinions qu'ils professeront vingt-cinq ans plus tard ?

Le lecteur de maintenant peut prendre, en toute innocence, au pied de la lettre et pour argent comptant les affirmations de Boris Vian : il ne s'en trouvera pas plus mystifié qu'un autre, et il connaîtra la joie de voguer au vent de l'imaginaire, en s'amusant çà et là, quand les vagues les poussent, avec de beaux gros canards en baudruche.

Après tout, le mensonge — celui qui, au-delà du jeu sur les mots, s'approprie les noms, fertilise les patronymes (suprême nominalisme) et les revêt de nouvelles apparences — est parfois une *autre* vérité qu'on appelle aussi, aux meilleurs jours, la poésie.

Noël ARNAUD.

NOTE BIBLIOGRAPHIQUE

La table des matières du présent volume indique la date de parution dans *Les Temps modernes* de chacune des *Chroniques du menteur*.

Nous avons joint aux cinq chroniques reçues les deux chroniques refusées. La première, *Impressions d'Amérique*, écrite le 10 juin 1946 et restée jusqu'à ce jour inédite, était destinée au numéro 11/12 (août-septembre 1946) des *Temps modernes*, numéro qui contient néanmoins un texte vigoureux de Boris Vian consacré à l'auteur radiophonique américain Norman Corwin. La seconde, intitulée *Chronique du menteur engagé : Pas de crédits pour les militaires*, porte la date de septembre 1948 ; elle devait marquer sinon la

« rentrée » de Boris Vian aux *Temps modernes* (on ne l'en avait pas chassé), du moins la reprise en ce lieu auguste de son rôle de Menteur. Quoique nous ayons déjà donné cette chronique dans *Textes et Chansons* (Julliard, 1966 ; 10/18, 1969), sa réimpression ici nous semble justifiée : nous croyons, en effet, qu'on aimera trouver rassemblés en un seul volume la totalité des mensonges de Boris Vian, et l'éditeur nous affirme que cette redite de quelques pages n'aura qu'une incidence minime sur le prix de vente du livre (souci plus que jamais légitime si l'on veut vraiment respecter le lecteur).

Enfin, sans caresser l'extravagance, c'est sur un *Avant-propos* que nous clôturons le recueil, l'avant-propos de Boris Vian à l'ouvrage de James Agee et Walker Evans *Le Travail,* traduit par Michelle Vian. Dès les premières lignes, Boris nous dit qu'il officie en sa qualité de Menteur. Ce texte, court mais à longue portée, s'installe donc à sa place naturelle dans notre réunion. Remis le 5 novembre 1947 à Maurice Merleau-Ponty — dont on sait qu'il ne portait pas une estime exceptionnelle à Boris Vian qui, de son côté, jugeait l'auteur de la *Phénoménologie de la perception* un tantinet « pontyfiant » —, cet *Avant-propos,* fait pour enrichir le sommaire d'une livraison des *Temps modernes,* s'en vit écarter. Un extrait du *Travail* parut sous le titre *Louons maintenant nos grands hommes* (reflet de l'original américain : *Let us now praise famous men*) dans le numéro 27 des *Temps modernes* (décembre 1947) avec la mention : traduction de Michelle Vian[1]. Mais de Boris Vian et de sa lecture perforatrice, plus question.

N. A.

---

1. Sous le titre *Louons maintenant les grands hommes* et dans une traduction en tous points excellente de Jean Queval, avec trente-six photographies hors texte de Walker Evans et une post-face de celui-ci datée de 1960, cet ouvrage écrit en 1936 a été enfin intégralement publié en 1972 aux Editions Plon.

CHRONIQUE DU MENTEUR

I

LE PAYS SANS ÉTOILES
un film de Georges Lacombe

L'accueil favorable fait à ce film par la critique parisienne, dont le doyen, Paul Arthur, déclarait récemment à l'issue d'un banquet, qu'il ne croyait pas que ça se passerait comme ça, ne doit en aucune façon influencer le spectateur, ce dernier ne tenant en général plus compte des critiques depuis la mort prématurée, en juin 1940, du regrettable François Vinneuil. C'est pourquoi nous tenterons, dans les lignes qui suivent, de donner une subtile analyse de cette bande ; ses mérites sont certains, mais il paraît au Menteur que l'on est en train de commettre à son endroit une de ces erreurs monumentales — toutes proportions gardées — auxquelles Georges Sadoul tente d'accoutumer ses lecteurs depuis bientôt quelque temps.

Regrettons tout d'abord la couleur du film. La tentative de Georges Lacombe et de la Discina n'aura, espérons-le, pas de suite. Sans être chauvin, on peut déplorer, en un moment où l'intérêt de la Défense nationale occupe le premier plan des discussions passionnées de l'Assemblée constituante, le gâchis scandaleux que représente le passage de plus de deux mille mètres de pellicule au violet de méthyle. Ajoutons que l'impression produite est désastreuse, car le violet déborde l'image et cela ne fait pas soigné. Mais ce n'est point le grief principal que l'on puisse concevoir à l'égard du film, dont nous allons tout d'abord tenter de résumer le scénario.

L'action se situe en Vendée, dans le manoir du Comte. Il y règne une étrange atmosphère, faite d'eau fraîche, de chutes en plein champ, de fleurs cueillies et de dossiers recopiés. Un vieillard à cheveux blancs lance un jeune homme à cheveux

16

blonds sur la piste d'André, qui est parti pour les Amériques. Mais le jeune homme n'y va pas et nous pouvons ainsi le voir pendant le reste de la projection. On ne voit pas André du tout, par contre. Le metteur en scène l'a remplacé au dernier moment par un homme préhistorique dont nous croyons qu'il n'a point tiré le meilleur parti, notamment lorsqu'il l'éclaire en dessous. Ce sont là des détails, mais on les remarque, vu leur durée. Il se produit des phénomènes, lesquels ne manquent pas d'impressionner grandement le jeune homme, incarné par Gérard Philipe avec une mauvaise foi désarmante. Pierre Brasseur apparaît alors. Il tient à la main un petit cercueil, il l'ouvre et on cesse de comprendre, car il est photographié de profil. Mais cela ne modifie guère le dénouement, qui se fait attendre. Jany Holt danse sur une tombe où l'on vient d'enterrer sa grand-mère Anaïs et Georges Lacombe lui-même, qui, non content de lui avoir cassé la jambe au cours du film, vient d'assommer Brasseur avec une pierre, pour faire un jeu de mots facile, viole Jany Holt devant le secrétaire et précipite Gérard Philipe dans le vide. C'est bien fait, parce qu'il n'avait qu'à mettre une barbe, comme dans *L'Idiot*. La falaise est jolie et les extérieurs ensoleillés, car il fait beau.

La critique fondamentale que l'on peut donc adresser au scénario de Pierre Véry, résumé ci-dessus, est qu'il ne tient pas debout. A aucun moment, le spectateur n'est empoigné par l'histoire : il n'y participe que de loin en loin (quand Jany Holt se fait violer par exemple). D'autre part, ça manque de jolies filles (à part Jany Holt, mais c'est Georges Lacombe qui se l'envoie). Mais surtout, et nous touchons au point capital, on tente de ridiculiser les tenants de la métempsycose en montrant les mêmes personnes réincarnées dans les mêmes corps accomplissant les mêmes actes à cent ans d'intervalle. (Pourquoi cent ans ? à cause du système décimal, basé lui-même sur le nombre de doigts des deux mains, comme chacun sait. Vous auriez six doigts à chaque main, ce serait cent vingt ans, n'en doutez nullement.) Ceci à part, il est inadmissible qu'un homme d'âge à réfléchir puisse avoir le droit de présenter la métempsycose, phénomène aussi supportable que la savate, comme cette danse sur place des âmes dans des enveloppes identiques. A quoi sert de mourir si l'on doit recommencer la

18

même vie ? A quoi servirait à Georges Lacombe de tourner plusieurs films s'il refaisait chaque fois le même ? C'est la marque d'un déterminisme facile que d'imaginer les mêmes esprits accomplissant les mêmes gestes dans les mêmes situations. Si c'était à refaire, recommenceriez-vous ? dit la chanson ; jamais on ne recommencerait, à moins d'être gâteux, ou, ce qui revient au même, d'ignorer le goût de l'expérience et de nier cette évidence, inintéressante par ailleurs, la liberté.

Pour en revenir au film, dans l'ensemble, le corps de ballet fait du bon travail.

II

ÉTOILE SANS LUMIÈRE
d'Edith Piaf

Malgré l'absence complète de metteurs en scène français de réel talent (Marcel Carné et Georges Lacombe sont, on le sait, Américains, André Cayatte est apatride et Hugo Hache-buisson n'est pas metteur en scène), on voit heureusement, de temps à autre, une production se signaler par ses qualités inopinées, émerger, tel un inter-signe, de la masse de navets à la grosse dont la médiocrité lui sert de repoussoir. C'est le cas d'*Etoile sans lumière*, le nou-veau film d'Edith Piaf, avec Marcel Blis-tène et Antoine.

Rappelons qu'Edith Piaf, autrefois la

môme Piaf, vient de se faire anoblir par le Pape, moyennant l'enregistrement de *Minuit, chrétiens* avec Alix Combelle au ténor, et se nomme maintenant baronne Piaffe. C'est un caractère singulier de cette figure bien parisienne de dissimuler avec constance un réel talent sous des dehors de prétention. Outre qu'elle est simple comme l'aneth ou le fenouil, Edith — Didi comme l'avaient surnommée ses compagnes dans l'atelier de coutures rabattues où elle fit ses pénibles débuts — ne tient pas, en réalité, aux titres de noblesse ; mais son physique appelle, de toute évidence, la particule, et nous croyons savoir que l'on songe en haut lieu à la faire canoniser (dans quelque temps) sous les espèces de Marie-Edythe, duchesse de Piaffe. Elle interprète, dans cette histoire pleine d'entrain, une série de chansons nouvelles, intéressantes, et empreintes de la marque poétique moderne, jaune et bleue avec une initiale en relief. Nous citerons en particulier celle-ci :

> *... Près de la cascade*
> *Au chant si dou-ou-ou-oux...*

> (*etc.*)

Le Menteur a été heureux de revoir par surcroît les longues jambes et la taille cintrée de Kay Francis, qu'une indisposition tenait éloignée de nos écrans depuis cinq ans ; elle n'a rien perdu de ses brillantes qualités et l'on peut lui prédire une carrière intéressante si elle réussit à perdre cette espèce de sauvagerie latente qu'elle doit à son père, né à Brazzaville en juillet 1893. Elle pourrait, par exemple, entrer comme vendeuse au Printemps.

L'idée la plus audacieuse du scénario consiste en l'introduction de séquences qui se passent entièrement dans le noir et viennent reposer l'œil du spectateur. Elles s'intercalent régulièrement tout le long de la bande ; ainsi, on a pu doubler la durée de la projection sans augmenter sensiblement les frais de réalisation. Tous comptes faits, il est apparu que la dépense supplémentaire atteint à peine 0,009 % du prix d'une copie, soit 723 francs environ. Il est superflu d'ajouter que ces scènes en noir comportent une sonorisation para-affective dont il était curieux de noter l'effet sur le public au cours de la première. L'orgie nocturne, entre autres, a semblé particulièrement bienvenue. Ce procédé se

répandra sans doute et nous en reparlerons ; notons incidemment qu'il eût été
indiqué de l'appliquer intégralement au
film *Madame et son flirt,* où, à l'exception
de l'orchestre (celui qu'on voit), il n'y a rien
d'intéressant, et à la bande inconsistante
Ivan le Terrible, insipide invention d'un
vaudevilliste déchaîné.

III

LUMIÈRE SANS PAYS
d'Eisenstein

Voulant boucler la boucle et fermer la permutation, jouer les scorpions ou Barbara la May, obturer l'inclos, et kohêtéra, et kohêtéra, ce n'est pas un hasard si Eisenstein publie tout juste un important ouvrage, *Lumière sans pays*, traduit par Gallimard sous le titre : *Histoires blanches* et signé André Frédérique, car Eisenstein est communiste et ça se saurait. Dans une préface qui est un chef-d'œuvre de perversité ingénue, Alexandre Astruc présente l'auteur au lecteur en des termes que nous ne rapporterons pas ici, il serait trop content. Si Eisenstein ne se montre pas à la hauteur de sa réputation dans l'édition originale en langue douraque, la traduction signée Frédérique est excellente, supérieure, disons-le, à tout ce qu'Eisenstein n'a jamais pu écrire. On commence même à penser dans les milieux littéraires bien informés, que ce n'est pas Eisenstein l'auteur de *Lumière sans pays* traduit sous le titre *Histoires blanches,* d'André Frédérique, et (après tout, on n'en sait rien mais c'est peut-être vrai) on ajoute que l'auteur s'appelle en réalité André Frédérique, et qu'*Histoires blanches,* ce n'est pas la traduction de *Lumière sans pays* d'Eisenstein, écrit en langue douraque, à l'origine, puis traduit, dit-on, par la suite, sous le nom de : *Histoires blanches, et* signé André Frédérique, mais bien une œuvre originale, d'un certain André Frédérique, professeur de Judo au Club de Passy, et d'ailleurs, il n'y a aucune raison, surtout quand on ne le connaît pas, de penser qu'André Frédérique soit incapable d'écrire lui-même un livre qu'il pourrait, le titre n'étant pas encore breveté, intituler *Histoires blanches* ; mais le plus curieux de l'affaire, c'est qu'il vient réellement de paraître, chez Gallimard, *Histoires blanches,* par André

26

Frédérique, ce qui se passe de commentaires.

Il est donc permis de penser qu'Aragon n'est pas sincère lorsqu'il écrit, à propos de *Lumière sans pays* d'Eisenstein : « C'est le monument le plus impérissable que le vaillant pionnier ait jamais réalisé à la gloire de sa patrie, et, à côté de ça, les *Histoires blanches* d'André Frédérique, c'est de l'eau de rose et de réséda. »

Au risque de nous trouver en désaccord avec Aragon (car l'on se rappelle que ce pseudonyme cache l'évêque de Béziers), nous croyons au contraire que *Lumière sans pays*, d'Eisenstein, perd des points à la comparaison. Nous irons même plus loin : à notre avis, *Lumière sans pays* d'Eisenstein, ça n'existe pas.

CHRONIQUE DU MENTEUR

I

QUELQUES RÉVÉLATIONS
SUR DES GENS CONNUS

Dans une conjoncture telle que l'actuelle, il apparaît quasiment inévitable de parler, tôt ou tard, politique. Il y a beaucoup de gens à tuer dont on ne s'occupe pas assez : Maurice Schumann, parce qu'il n'a pas de pantalons sous sa soutane et fait de l'obscurantisme, Christian Pineau, parce que c'est un synarque et un affreux, Marcel Cachin, parce qu'il devrait comprendre qu'à son âge, il ne suffit pas d'avoir les yeux bleus et une moustache blanche : il existe un précédent. Egalement Geneviève Tabouis, à l'heure actuelle chef de publicité chez Bozon-Verduraz, Herriot Edouard, condamné le 11 mai 1924 pour outrage aux mœurs par le tribunal de Mazamet et qui, depuis, a détourné 9 mineurs et leurs enfants, pour les manger, et bien d'autres que je citerai ou non. Le monde est une cellule et l'on peut considérer qu'ils y sont enfermés. Il paraît donc légal de les tuer, profitant de ce que nous y sommes enfermés aussi ; c'est de la légitime défense, et cela ne fera qu'accélérer le jugement de la postérité. Mais il faut prendre des précautions.

Supposons que je tue Cachin, par exemple, comme ça, sans crier gare. Du jour au lendemain, les journaux communistes (*Le Monde, Paris-Presse,* etc.) imprimeront que je suis un salaud de fasciste, et qu'on me les coupera les vertèbres cervicales. Et pourtant, ça n'est pas vrai, je ne suis pas un fasciste, je suis juste un peu réactionnaire, inscrit au P.C. et à la C. G. T., je lis *Le Peuple* et le fais lire à mes amis, et je profite de toutes les occasions pour distribuer dans la rue des numéros usés de *Témoignage chrétien* et de *La Vérité.* Trève de bavardages. Il faut donc d'abord expliquer mon objectivité. Voilà qui est fait.

Ensuite, le seul moyen, c'est de les tuer tous. Mais on dira : « — Encore la bande des faux frères qui recommencent leurs sales coups !... » — Eh bien, tant pis ! Pour leur montrer ma bonne foi, je tuerai Merleau-Ponty aussi, (c'est lui le gérant, mais personne ne s'en doute). C'est un capitaliste et il prend trop de pages dans cette revue, je n'aime pas les égoïstes. Enfin, Merleau-Ponty ou un autre après tout, mais pas Pontalis, en tout cas, il a une barbe trop ravissante.

Au fait, je connais deux moyens de tuer quelqu'un : ou bien l'empêcher de vivre ou bien le faire mourir. Le premier n'est pas compromettant mais je me moque pas mal des compromissions. Je vais prendre Cachin pour commencer. Ça ne sera pas suspect, puisque j'ai dit que je suis communiste, et ce sera moins triste, parce qu'il est vieux, qu'il a une moustache, et qu'en 1829, il a assassiné, à l'angle de la rue Mouffetard et de la rue Coq-Héron, une marchande d'oublies qui avait chanté tout Léthé. Elle vivait au bout de la rue Croix-des-Petits-Champs, avec son beau-frère qui était savetier et compositeur et s'appelait Ernest Ansermet.

Au printemps, rue Croix-des-Petits-

Champs, on peut cueillir des fraises et du muguet des bois, mais ça sort du sujet, aussi, n'en parlons pas. Cachin habite rue d'Enghien, à *L'Huma*. Son bureau est au quatrième étage sur la cour. Tout près de celui de Cogniot. En général, c'est Barbotin qui fait la liaison. Alors, la solution s'impose : attendre Barbotin dans le couloir avec un masque de Barbotin, l'estrapadouiller, entrer chez Cachin avec le masque sur la figure. Il reste là toute la nuit, il dort dans un tiroir de son bureau aménagé pour cet usage ; il peut tenir dedans parce qu'il est tout petit. On trouve facilement le bon tiroir parce que sa moustache dépasse. Le bouillon de poireaux que Barbotin lui apportait pour dormir, on y met du poison ; on va au tiroir, on l'ouvre un peu, on attrape la moustache de Cachin. Il fait « Rrouâh !... » (parce que c'est très douloureux), en ouvrant la goule un bon coup, et on verse le bouillon de poireau dans ladite goule. Alors, Cachin s'étrangle net, car il est sur le dos (il est particulièrement dangereux de boire couché). En fait, on peut faire l'économie du poison. Mais, à l'autopsie, le docteur Paul (Marcel) sera très ennuyé de ne rien trouver ; comme c'est un brave garçon, il ne faut pas lui refuser ce plaisir, d'autant plus qu'on risque toujours d'être amené, tôt ou tard, à compter au nombre de ses reposants clients.

Cachin tué, je lui mets sur la figure le masque de Barbotin ; je referme le tiroir, et je file dans les couloirs en criant : « — Venez vite !... Barbotin vient de tuer Cachin. » — Ils se frottent tous les mains, parce que Cachin est un trotskiste (discours d'inauguration de la gare principale d'Ekatopolitzovorksovotchsk, prononcé par Joseph Staline le 10 mars 1920, comptes rendus des séances de l'Académie des Sciences, numéro spécial de mai 1946). En sortant, et profitant de la confusion, je n'oublie pas de leur prendre le petit canon de trente-sept avec lequel ils s'amusent à tirer, le dimanche, sur les gens qui vont à Saint-Julien-le-Pauvre.

II

COMMENT MEURENT
LES GRANDS DE CE MONDE

Ils m'ont mis en prison ; c'était à prévoir,
je les ai tués tous. Schumann était plutôt
content ; il m'a donné l'absolution et j'ai
bu le vin de mess qu'il avait rapporté de
la France Combattante. Dans l'ensemble,
il regrettait ce qu'il a fait, c'est pain
bénit qu'il soit mort, par conséquent,
puisque c'est lui qu'on regrettera maintenant : « Regretter quelqu'un qui regrette
aboutit, dit Hegel, à une transcendance
qui s'insère, dans l'ordre des choses,
entre la philosophie de l'histoire et la
fabrication des enfants par la méthode
Ogino. » (Correspondance avec Raymond

Queneau, volume six cent neuf, 69, 9, ligne 9).

Pineau, lui, s'est montré plus réticent. Je lui ai dit : « Votre passage au ministère du Ravitaillement, on y pense encore, vous savez... » Il m'a répondu : « Moi aussi. Qu'est-ce que j'ai bouffé !... Ça me changeait du temps où on m'a foutu à la porte de la Banque de Paris et des Pays-Bas pour menées anticonceptionnelles... » Pineau Christian parle, on le voit, avec vulgarité. Pensant que Longchambon allait y passer aussi, j'ai jugé inutile d'épargner Pineau et je lui ai enfoncé un poing d'honneur entre les amygdales, il est mort sans pousser un Christ, à l'encontre de Geneviève Tabouis ; mais elle, c'était surtout à cause des Bozon-Verduraz qui écoutaient à la porte : Verduraz est un vieil Auvergnat très catholique ; elle ne voulait pas perdre sa place. Je l'ai forcée à se déshabiller devant une grande glace. J'ai dû, malheureusement, laisser la glace, que ce traitement mit hors d'usage. Il restait Herriot. Je lui ai simplement déchiré sous le nez une Constitution de 1875, imprimée sur carte de Lyon, en piétinant des pipes d'écume, tandis que j'urinais sur du tabac. Il n'a pas tenu cinq secondes. Je dirais bien : « Ce fut radical ! » mais ce ne serait drôle que si Herriot, au lieu d'exercer la profession d'oblat, appartenait au Parti Socialiste.

En prison on est bien. Je suis enfermé avec le général Gamelin, qui a tenu une réunion clandestine rue Monsieur-le-Prince, pour apprendre aux anciens du G. Q. G. comment on fait des modèles réduits. C'est un homme intègre. Il joue à la belote avec des majuscules et il sent fort des pieds.

On va venir me chercher pour l'audience. J'entends le bruit de la jambe de bois du gardien sur la fesse d'argent du porte-clefs qui ne marche pas assez vite à son gré.

III

UN PEU DE CRITIQUE LITTÉRAIRE

J'attends le bourreau. Je suis en train de lire la préface, par Henri Jeanson, des *Contes du grand-père Zig,* de Breffort. Cette préface est bien plus drôle que le reste du livre. Jeanson tape avec une grande inconscience sur les types qui se permettent de ne se faire éditer qu'à cinq mille exemplaires, alors qu'il est si simple de tirer à cent mille, comme Breffort. Ce pauvre Breffort (qui ne fait pas partie d'une bande) trouve comme ça, sous son oreiller, cent mille exemplaires de son livre, et des gens qu'il n'a jamais vus, Ferjac, Monier, Jeanson, pour l'illustrer et le préfacer. Il écrit dans *Le Canard enchaîné,* organe de contrebande, ouvert à tous s'il en fut ; ni Bénard, ni Grosrichard, ni Laroche, ni les autres buveurs de Juliénas (qui ne font sûrement pas partie d'une bande) ne connaissent ou n'ont connu Breffort : ils vivent tous séparés les uns des autres par des murs en brique pleine, et ne communiquent qu'au téléphone, sans se voir, pour le service. *Le Canard enchaîné* est un organe puant, opportuniste, souvent drôle et Henri Jeanson est un effroyable poseur, un comme on n'en fait guère et qui a du talent une fois sur deux. Pas celle-là. J'aime mieux être un menteur. Je m'arrête. J'oubliais. On vient de me guillotiner.

CHRONIQUE DU MENTEUR

POUR UNE RÉNOVATION
DES *TEMPS MODERNES*

Malgré les efforts du Menteur, il reste encore beaucoup à faire pour améliorer *Les Temps modernes*. Il est difficile de chiffrer la transformation que l'on devrait opérer. Il nous suffira de dire, en gros, qu'il faut perfectionner cette revue d'au moins cinquante mètres, comptés suivant les règles en vigueur dans l'armée, c'est-à-dire à partir d'une fourchette ou de quatre écarts probables.

La critique, art aisé, se doit d'être constructive ; aussi nous ne nous bornerons pas à ces considérations, désobligeantes pour le gérant (entre autres) et pour le directeur. D'ailleurs, ce dernier s'en contrefout, car il est en train de passer des examens pour entrer au couvent des Ursulines de Florence, en qualité de chantre à trois ficelles.

1. CRITIQUE DESTRUCTIVE DE LA FORMULE ACTUELLE.

1° *Point de vue physico-chimique.*

a) En premier lieu, le papier est dégoûtant. C'est un bas numéro d'Afnor (cela ne vous dit rien, mais les techniciens rougissent). Vous verrez ce qu'il deviendra dans cent cinquante ans. C'est la sorte de papier sur lequel les mites, les poux et autres névroptères de toute espèce se ruent dès qu'on a le dos tourné. Pour vous en convaincre, ouvrez le numéro 1, à la page 107. C'est à ce taper le derrière sur un faitout moyenâgeux. Ravagée, la page 107 ! Mais passons. A reporter :

Amélioration du papier.

b) *La couverture :* couchée. Désagréable, formant des angles blessants et dangereux lorsqu'on la chiffonne, et puis

c) *Cette couleur :* opéra vaseux, est infecte. Ce n'est pas franc. Cela sent son aniline à des lieues. A reporter :

Modifications visuelles et tactiles de la couverture.

d) *Format :* trop grand pour mettre dans la poche, trop petit pour envelopper des choses. A moins d'entente avec les tailleurs pour augmenter les dimensions des poches :

Changer le format.

e) *Impression :* les caractères sont peu variés. Ou bien du romain, ou bien de l'italique ; mais toujours un corps minuscule. Certains auteurs nécessitent pourtant des majuscules abondantes et distinguées. Passons l'éponge mais n'oublions pas de :

Modifier les corps.

f) *Illustrations :* carence pitoyable de :
Illustrations en couleur indispensables.

2° *Point de vue néo-social.*

Eh bien, citoyens, c'est là le plus grave. Les colonnes, la colonne plutôt de cette revue n'est pas ouverte à tous, comme il se devrait. (Et puis, en plus, les collaborateurs sont très insuffisamment payés. Pratiquement, ils ne sont pas payés. Il faut dire à la gloire de Gaston Gallimard qu'il fait pourtant tout ce qu'il peut. Mais voilà !) En fait, si l'on veut écrire n'importe quoi dans *Les Temps modernes,* on ne peut pas. Il faut du sérieux, du qui porte. De l'article, de fond, du resucé, du concentré, du revendicatif, du dénonciateur d'abus, de l'anti-tyrannique, du libre, du dégagé de tout. Du vent du large et du souffle d'air pur dans la géhenne d'ici-bas. Ce n'est pas assez. Place aux autres. Place aux gens qui croient encore à l'efficacité des méthodes non totalitaires et qui ne se bornent pas à dire : « C'est comme ça », mais proposent un remède : des canons, des prisons, des fusillades, de la guerre, du vivant, quoi ! Citoyens ! Assez de baratin !

A reporter :

Suppression de l'esprit partisan des Temps Modernes *et création d'une caisse de secours pour les créateurs dudit.*

3° *Point de vue ontologique.*

Nous n'insisterons point, *Les Temps modernes* n'étant pas, en général, une revue philosophique : on regrette de ne plus y trouver même un brin de métaphysique. Outre, depuis la mort du regretté Pie IX, cela manque un peu de Dieu. A reporter :

Esprit religieux à créer.

4° *Point de vue intellectuello-littéraire.*

Pour donner une idée des améliorations que l'on pourrait envisager, signalons qu'en douze numéros il n'y a pas eu un seul article d'Henry de Montherlant,
  pas un de Paul Claudel,
  pas un de Marcel Arland,
  pas un de Giono,
  pas un de Malraux,
  pas un d'Aragon ;
  pas une poésie d'Eluard ;
  pas une fresquimmense d'Emmanuel ;
  pas un romanfleuveaméricain ;
  pasunecritiquelittérairerégulièrement périodique ;

Rien, quoi !
Ni rien de Thierry Maulnier.
Ni rien de Gabriel Marcel.
Ni rien d'inédit de Paul Valéry.
Et si peu de chose d'Astruc...
A reporter :

S'assurer la collaboration de vrais écrivains.

5° *Points de vue divers.*

Du point de vue médical, si l'on en excepte la chronique du Menteur — malheureusement irrégulière —, *Les Temps modernes* présentent de fort graves lacunes. Ils ne tiennent non plus aucun compte des conditions que doit remplir un organe visant, en principe, à traduire l'esprit de revendication collective des insulaires de la Cité. On n'y trouve également point trace d'informations ou de nouvelles fraîches. Les chroniques scientifiques sont peu fréquentes. Voire même rares. L'actualité militaire ne s'y trouve enregistrée nulle part. Sans vouloir concurrencer *Le Phare de la Blanchisserie,* organe professionnel dont on ne dira jamais assez de bien, on peut enfin regretter que *Les Temps modernes* n'ouvrent pas leurs colonnes à ces gens estimables que sont notamment les blanchisseurs ; et nous nous garderons d'entrer dans le détail des autres corps de métier, car il ne faut pas se foutre de la figure du monde. A reporter :

Varier les sujets.

6° *Point de vue humain.*

Les Temps modernes coûtent soixante balles et paraissent tous les mois. Ce qui fait soixante balles par mois. A reporter :

Faire des abonnements gratuits, afin que des gens lisent tout de même Les Temps modernes.

2. QUELQUES PROPOSITIONS TÉMOIGNANT D'UN LOUABLE ESPRIT CONSTRUCTIF.

Nous proposons en conséquence, et sans tenir compte, ou peu, des remarques ci-dessus, puisque destructives, les trois, par exemple, solutions suivantes :

Solution A.

1° Augmentation du format à celui d'un journal ordinaire.

2° Modification de la couverture : il y aura des petits dessins en couleurs racontant des aventures dans la jungle.

3° Réduction à 10 du nombre de pages, qui seront amovibles. (Cette solution permet de conserver la qualité actuelle du papier.)

4° Fixation du prix de vente à 10 francs.

5° Utilisation du garamond corps 24 et du gill désossé corps 6 pour la publicité.

6° Insertion de photos de pin-up girls. (Mais des bien, pas du tout-venant.)

7° Publication de quelques articles sur l'existentialisme, qui est, paraît-il, une nou-

48

velle manière de s'habiller assez à la mode.

8° Collaboration de Magali et de Pierre Nézelof.

9° Photographies des lecteurs (d'eux et prises par eux, et concours).

10° Le titre devient, par exemple, *Robinson* ou *Le Journal de Mickey*.

Solution B.

1° Adopter le format à l'italienne, pour les consoler de Tende et Brigue.

2° Faire des couvertures odorantes : pain brûlé, vomi, Cattleya de Renoir, chien mouillé, entrecuisse de nymphe, aisselles après l'orage, seringa, seringue, mer, forêt de pins, Marie-Rose, Marie-Trifouille, Marie-Salope (analogue au vieux goudron à bateau).

3° Un tirage spécial sur rouleau hygiénique numéroté, pour lire aux cabinets.

4° Tirer sur papier bible un certain nombre d'exemplaires, à envoyer au Corps des Evêques de France.

5° Introduire le « Coin du boy-scout » et donner des modèles de jacquard.

6° Les dernières guérisons obtenues par l'entremise du bon Père Brottier.

7° Publier n'importe quoi sous le titre « La dictature lettriste ».

Solution C (la plus efficace à notre avis).

1° Porter à 190 pages la chronique du Menteur.

2° Conserver 2 pages pour le reste.

3° Publier le portrait des auteurs de chaque article avec commentaires oiseux.

4° Augmenter la polémique intérieure.

5° Garder le titre et la couverture, mais vendre sous emboîtage attrayant (s'inspirer de *Paris-Magazine*).

6° Vilipender Gallimard jusqu'à ce qu'il

7° Abandonne ses droits. Ensuite tirer à 500 000 exemplaires et les vendre.

8° Se partager le fric.

Il y aurait beaucoup d'autres solutions. Nous en reparlerons l'année prochaine pour ne pas vous fatiguer l'entendement, si toutefois ça ne va pas mieux à ce moment-là.

CHRONIQUE DU MENTEUR

I

Il y a de-ci de-là, dans le monde et en dehors du, des tas de gens malintentionnés, qui font courir au ras du sol, en soufflant dessus avec une petite pipe en verre, comme mon frère qui était vétérinaire et qui manœuvrait de la sorte dans le derrière des chevaux, des bruits bizarres, combien que céruléens, dont on se sent tout constristé quand on vient à leur-z-y trébucher dessus.

C'est ainsi — car, aujourd'hui, je vous parlerai théâtre — que l'on a récemment reproché aux directeurs de salles théâtrales de faire représenter, par leurs troupes baladines, des pièces principalement étrangères, et dont s'y trouve *La Route au tabac* d'Erskine Caldwell, traduite par Kirklant en théâtre, et adaptée au français, de Kirkland, par Duhamel Marcel, charmant garçon, d'ailleurs, qui aime bien les disques de jazotte.

J'ai voulu, profitant des relations qu'il se trouve que je partage avec lui et qui ont pour résultat le fait de notre connaissance, lui demander pourquoi tant de pièces étrangères. Le caractère nationaliste des *Temps modernes*, qui m'a, je l'avoue, un peu éloigné d'y écrire ces derniers temps — on a sa fierté, pas ? — me frappe moins, en effet, depuis que j'y suis habitué, et c'est compréhensible, Jean Paulhan lui-même en conviendrait. C'est pourquoi il fallait que je sache.

(Je rajoute de la sauce, vous allez comprendre pourquoi : la réponse de Marcel Duhamel est si brève que je dois l'habiller, car Daniel Parker est abonné aux *Temps modernes*)

— Je traduis, m'a dit Duhamel, des pièces de l'américain, parce que c'est beaucoup plus facile que de les traduire du français.

Puis, il s'est rétracté aussitôt, car son père, Georges Duhamel, connaît bien Paul

54

Claudel avec lequel il rédige le dictionnaire de l'Académie — la lettre « emm », pour préciser.

J'ajoute que *La Route au tabac* prend tout son temps lorsque l'on sait que Marcel Duhamel ne fume pas, ce qui est faux, et comme Duhamel n'a pas besoin de réclame, vu que sa pièce marche très bien, je vais vous parler de Cocteau, qui n'en a pas besoin non plus : ça ne fera pas de jaloux.

II

Donc, on joue actuellement, au théâtre Hébertot, une nouvelle pièce d'un jeune auteur, Cocteau, *L'Aigle à deux têtes.* Signalons tout de suite que l'aigle à deux têtes, pour des raisons manifestement arithmétiques, eût été plus à sa place au théâtre des Deux-Anes. Cette erreur de principe, comme dit Pierre Machin, le type d'*Action,* mise à part, la chorégraphie bondissante due à la plume de Fernand Léger, et à l'encrier de Joseph Dupont, machiniste, plonge dans l'extase les millions de spectateurs attirés chaque soir par la montée quasi miraculeuse de l'étoile de ce Cocteau, dont on reparlera certainement.

Malgré quoi, cette façon d'allécher avec

un titre prometteur le public ornithologique et héraldiste, dont le lecteur Philippe des *Temps modernes* est un des représentants les plus caractérisés, porte la marque (cette façon, disais-je) d'un esprit dangereusement tourné vers la fraude et, décidons-nous, le mensonge.

En fait, ceux des spectateurs qui, du premier à l'avant-dernier acte de la pièce, lèvent le nez vers les cintres pour voir l'aigle (cet animal vole très haut depuis Buffon et Alfred de Vigny dont il a des raisons de se méfier) repartent déçus, car pas une fois il ne paraît. Pendant ce temps, sur scène, Jean Marais et Edwige Feuillère jouent au trou-madame avec beaucoup de distinction et d'aisance, et réussissent à tenir en haleine ceux qui, ne croyant pas au titre de la pièce, se bornent à regarder devant eux. Malgré une chute pénible de Jean Marais dans un escalier trop bien ciré (louons-en le frotteur de Jacques Hébertot), la pièce se termine à la satisfaction générale.

Comme le remarquait Jean-Jacques Gautier, le spirituel critique de *L'Humanité*, le soir de la première : « Il vaut mieux avoir deux têtes que pas de tête du tout, surtout si on n'est pas un aigle. » — Les lecteurs comprendront aisément ce que Jean-Jacques Gautier, être droit, au talent dépouillé, voulait dire par là.

III

Ceux qui me font l'honneur de me suivre se sont, déjà, sans doute aperçus de l'intérêt que je porte à la parfaite présentation des *Temps modernes*. Je voudrais maintenant attirer leur attention désintéressée sur un problème capital : celui des coupures.

Nul n'ignore ici que les articles dits « de fond », parce qu'ils sont d'un niveau intellectuel élevé, sont, en général, très longs. Il faut, en effet, pour remplir cent quatre-vingt-douze pages, cent quatre-vingt-douze articles d'une page, ou trois articles de soixante pages et six articles de deux pages. C'est cette dernière formule qui est adoptée régulièrement, après de longues et honnêtes discussions auxquelles le Menteur a cessé d'assister, vexé.

Mais ce n'est point de mon ressort : aussi bien, je n'y peux rien. Alors, pour me venger, je vais dévoiler des secrets.

Généralement, cela se passe de la façon suivante : il se trouve, au bureau des *Temps modernes,* le gérant (c'est un homme très consciencieux) et des comparses. Ou la directrice et des comparses. Ou le directeur et des comparses.

Le personnage en question (disons Merloir de Beauvartre pour simplifier) aperçoit un texte revenu de la composition et portant la signature bien connue Andruche Malenpoing, ou Césarine Bronzavia, etc.

Il prend, parcourt et calcule.

— ... Mon dernier article, « Le Yogi, le Bilan et l'Ambiguïté », fait deux cents pages... voyons... je peux en couper deux... non... disons une. Mon petit Machin (Machin, c'est un comparse)...

— Oui ? dit Machin.

— Prenez cet article de Bronzavia... c'est une stupidité, mais ça ne fait rien ; c'est toujours la même chose : quand on laisse Pontartre de Merlebeauvy se débrouiller, il se fait toujours coller des articles idiots. Et

Sarvoir de Perteaumilon, c'est la même chose. Ils sont trop faibles.

— Oui... dit Machin.

— Alors, prenez ça et coupez-le... Moi-même, je vais faire des coupures dans le mien, mais il faut que tout le monde y mette du sien, puisque Beaupont de Sarmertrelepy a fait des blagues.

— J'en coupe combien ? dit Machin.

— Ben... euh... ça fait dix pages ?... coupez-en huit et demi... neuf, peut-être.

— Bon, dit Machin, je vais tâcher.

— Mais oui, vous ferez ça très bien.

Machin devient rouge, de confusion et parce qu'il fait très chaud dans le bureau des *Temps modernes*, vu la quantité de fluide qui rayonne d'un bout de la journée à l'autre. Il s'applique et réussit à couper neuf pages et vingt lignes.

— Voilà, dit-il.

Alors Merloir de Beauvartre prend le papier.

— Parfait !... Comme ça, je n'aurai pas besoin d'enlever ces deux pages à mon article... heureusement... ça devenait incompréhensible... Il n'y aura qu'à faire recomposer celui-là dans un corps plus petit... On va dire ça à Festy. On va prendre un corps de zéro virgule cinq, avec une bonne loupe et des lunettes, c'est encore très lisible.

Ainsi s'en vont à l'impression les œuvres immortelles d'Andruche Malenpoing, de Césarine Bronzavia ou d'Onfre Tarta-mouille. Lequel Onfre Tartamouille ren-contre, quinze jours après, Pontbeaumerle de Savoirtre.

— Ça allait, mon article ? dit-il.

— Oui, oui, dit Pontbeaumerle. C'était parfait. Un peu long... mais parfait.

— Vous m'avez coupé ? dit Onfre Tarta-mouille avec un sourire amer et des palpi-tations.

— Presque rien !... dit Pontbeaumerle. Nous y avons tous mis du nôtre. Nous aurons un numéro très intéressant. Très riche.

— Qui a fait ces coupures ?... dit Onfre égoïstement intéressé à sa prose unique.

— Je m'en suis chargé personnellement, assure Savoirtre.

— Oh !... dit Onfre Tartamouille ému et reconnaissant... alors... je ne dis plus rien... Merci...

— Mais je vous en prie, mon cher Onfre... Vous nous préparez quelque chose ?...

La fois suivante, c'est Merboitre de Ponteausavoir qui se charge des coupures.

Aussi, cette chronique s'arrête là.

CHRONIQUE DU MENTEUR

I

Les dessous mystérieux et enrubannés des *Temps modernes* continueront, ce mois, d'avoir toute mon attention, malgré que la sollicitent divers phénomènes extérieurs particulièrement attachants ; entre autres, une lettre de Césarine Bronzavia, qui est apocryphe, la mort du Président de la République. l'affaire des faux machins, et le baptême de l'architecte Rébequin devant la Fontaine des Innocents. Or donc, je ne parlerai pas de tout ça, et, suivant une expression qui m'est coutumière une fois tous les sept ans) je vous entraîne immédiatement au pubis même du sujet.

Les Temps modernes — ou plutôt les personnes physiques qui composent cette personne morale — reçoivent, avec une régularité tenant de l'avalanche saisonnière ou du hoquet de l'ivrogne, des exemplaires, dits « service de presse », d'ouvrages écrits par des gens dits « auteurs ». Dédicacés, le plus souvent, ce qui augmente singulièrement leur valeur paraphrénique.

Bien entendu, jamais ces livres ne parviennent aux personnes à qui ils sont destinés. Ils sont plus souvent calottés en cours de route par des méchants, des va-nu-pieds sans foi ni loi, ni moi, ni toi, ni lui, ni même vous (là, je vous ai eus). Le cas échéant, ils atterrissent (lorsque personne n'a voulu les prendre — crainte d'une dédicace trop personnelle, rebut d'honnêteté, simple oubli, ou respectable aversion pour la littérature) sur une étagère spécialement désignée par le maître ébéniste Barbiton de Monsoupirail, auquel Gaston Gallimard confie depuis quarante-deux ans le soin de percer par semaine, une nouvelle porte dans une de ses cloisons, et de repasser une couche de peinture un peu partout.

Près de cette étagère passe en vrombissant le Menteur, à l'affût du butin. Désireux de réparer les torts des *Temps modernes*, le

Menteur va vous en causer, de ces livres inlus. Pour ce faire, il en a pris une bonne douzaine[1]. Liste des titres :

Le Semeur, Juin 47, n° 8, 45ᵉ année (avec un article de Daniel Parker, ingénieur (*sic*)).

De Dieu vivant (sans nom devant) par Armand Pierhal.

Au soleil couchant, journal intime de Géo Vallis, traitant de l'élevage des punaises sans soupapes.

Le Bout du monde, par Jean-Pierre Audoin, qui n'y a jamais été, et qui est donc un menteur, ce dont je le loue.

L'Amour, de Wassili Grossmann, traduit du russe (sans dédicace, ce Grossmann est un mufle).

Mission de Léon Bloy, par Stanislas Fumet (avec une dédicace au Menteur, ce dont je te remercie, Stanislas).

Beau volume imprimé sur vélin supérieur, avec empreintes digitales et trois culs-de-lampe à pétrole.

La Tour des peuples, par Han Ryner, encore du vélin supérieur imprimé à Genève, vu l'obscénité du sujet.

---

1. A bien recompter ma liste, ça ne fait que huit, mais il y en a quatre autres que j'ose pas dire que j'ai chipés.

Enfin le plus beau de tous, *L'Homme manifeste,* de Jean Legrand ; aux éditions L. G. T., 6, avenue de la Porte-Brunet, quatrième à gauche ; si c'est Aurette, sonne deux coups, si c'est Tony, trois coups et si c'est Joséphine un seul coup, parce que Jacques est fatigué.

A tout seigneur tout honneur, les premiers seront les derniers, *in hoc signo vinces, amen ;* je vais donc vous parler de *L'Homme manifeste* de Jean Legrand, réparant ainsi l'injustice coupable qui fait que Jean Legrand est écrivain alors qu'il devrait traire les vaches (car il a du doigté). Il sera très content, d'ailleurs, gagé-je, que l'on propage sa docrique.

Dès la page de garde, il est manifeste que Jean Legrand, à moins qu'il ne soit réellement l'heureuse victime d'une forme particulièrement virulente de satyriasis, ce que je lui souhaite, n'a pas été décimé, comme on pouvait le craindre, par la grande épizootie de 1936 et n'use du sensorialisme que comme d'un prétexte valable à se faire « composer à la main » (comme il dit, le grand sale) par ses amies (avec un « e » muet).

Mais poussons plus loin l'analyse :

A la page 11 Jean Legrand associe avec hardiesse les humoristes et les gardiens de nos prisons.

De la page 11 à la page 50, on ne comprend pas un traître mot. (J'exagère, mais ça frappe.)

Ensuite, viennent des choses diverses, semblant signifier (si j'ai bien saisi car je suis vierge) que l'on devrait tout sacrifier à l'acte sexuel.

Je m'abuse, ou des gens dits intelligents prétendent par ailleurs qu'on éprouve aussi beaucoup de joies à être intelligent. Tout s'explique cependant lorsqu'on se rappelle que l'organe de l'intelligence est moins visible et moins accessible que celui choisi par Jean Legrand comme axe de son existence et de celle de ses amies, et dont l'évidence, dans son cas du moins, paraît sauter aux yeux.

Mais sait-il en tirer tout le parti possible ? On peut se le demander en lisant à la page 50 cette recette extraordinaire digne de Gouffé :

« Il a un enfant de cette femme. Car il possède de nombreux livres d'occultisme, je crois même un petit laboratoire. »

Passons et laissons-lui le bénéfice du doute.

Pages 50 à 57, rien à signaler.

Page 58, un hommage au grand Ogino, empereur du Japon en 1837. On sait qu'Ogino inventa une méthode pour faire des enfants à coup sûr (ou l'inverse). Jean Legrand trouve ça très bien. Jean Legrand est un vaurien. Priver l'amour du frisson de la chance, c'est tuer le mystère qui fait de ce beau sport un divertissement aussi passionnant que l'épinette à ressort ou le maneton coinché. En plus, c'est rabaisser le standing incontestable et tuer la réputation de ceux qui peuvent tout faire avec les filles sans qu'elles risquent rien, ce que l'on nomme à tort ou à raison, stérilité.

Page 67, Jean Legrand rejoint la haute moralité civilisatrice de Daniel Parker dans un aphorisme d'une très grande tenue intellectuelle : « Aucun plaisir n'est promis au paresseux. »

Je passe sur des pages moins enthousiasmantes.

Enfin, alors que personne ne s'y attendait plus, Jean Legrand se démasque tout à fait : « Rieurs, attention ! » dit-il page 89, et il conclut amèrement : « C'est une constante épreuve de ne vivre que pour le plaisir. »

Comble de sarcastisme, cet ouvrage, composé à la main par les amies de l'auteur (avec un e muet) fut écrit en partie à Saint-Aubin-les-Vertueux.

En vente aux éditions L. G. T.

Et comme il me reste de la place pour vous parler des autres livres, je passe immédiatement à la chronique cinématographique.

II

J'ai reçu d'un curé qui signe César Exo-
septoplix, ce que je crois un pseudonyme,
une lettre intéressante. Il savait, en effet,
que j'allais vous parler du *Diable au corps*,
et il a pris soin de me renseigner au préalable.

— Le diable, m'écrit-il en substance, est
une formation calcaire rappelant le
bazooka, à ceci près qu'il est lumineux
dans l'obscurité. Il possède des ambu-
lances, et je présume que Pierre Bost s'est
trompé en l'appelant *Le Diable au corps*,
car le diable enlève les âmes et laisse les
corps.

Je suis entièrement de l'avis du curé.
Mais Pierre Bost ne s'est pas trompé, car
Pierre Bost n'est pas un curé, Jean

Aurenche non plus, Claude Autant-Lara non plus, et, d'ailleurs, le titre est de Radiguet.

J'ai reçu également d'autres lettres qui me prient d'user de mon influence indéniable pour faire interdire ce film. Ce que je me garderai bien de faire, car ma femme est amoureuse de Gérard Philipe, et qu'est-ce que je prendrais ! Comme en plus c'est un très joli film, bien que je sois jaloux de Gérard Philipe, puisque ma femme est amoureuse de lui, je ne ferai rien de cet ordre. Je me bornerai à publier, en toute objectivité, et dans toute leur sécheresse, les lettres que j'ai reçues, pour éclairer le monde sur la mauvaise foi de mes correspondants. Et puis, je me consolerai avec Micheline Presle que je séduirai en lui disant des mensonges.

Du Syndicat des Sonneurs de Cloches de la Région Parisienne :

« — Nous trouvons parfaitement regrettable l'emploi du fondu sonore en forme de dégueulando fait par les auteurs du film, et qui laisse à chaque instant supposer que les cloches se sont enrayées. Or, cet accident n'arrive que très rarement, et en tout cas jamais sous nos latitudes ; et c'est rendre un mauvais service à la Corporation que de le présenter comme fréquent, puisqu'il ne se produit pas moins de quatre fois au cours du film. Nous demandons la suppression des passages incriminés, et pendant qu'on y est, qu'on supprime le reste qui n'a aucun intérêt puisqu'on n'entend pas les cloches. »

De l'Amicale Lyonnaise des Porte-Bières :

« — ... Jamais, en tout cas, un membre de l'Amicale Lyonnaise ne se serait permis de sourire en portant un cercueil, même un jour d'armistice. Nous recommandons, par conséquent, aux réalisateurs de la bande de s'adresser à l'avenir à l'Amicale Lyonnaise pour éviter des désagréments du même ordre. Cotisation : deux cents francs par an. »

Ce texte se passe de commentaires oiseux.

Enfin, de l'Administrateur des P. T. T. :

« — Monsieur, je vous rappelle que vous êtes redevable, à ce jour de la somme de 983 francs. Vous êtes prié de régler votre dette dans les 8 jours, sinon, on vous le coupe :

« *Signé :* Jules P. T. T. »

Je regrette qu'à propos du *Diable au corps* on m'envoie des lettres de ce genre qui n'apportent aucune lumière particulière sur ce sujet crucial, et ne font, au contraire, qu'obscurcir un débat poignant.

J'arrête ici la publication de mon courrier et je résume : Il conviendrait, dans l'intérêt général, et pour la tranquillité d'esprit de l'officiel français qui, lors de la projection du *Diable au corps* à Bruxelles, quitta la salle pour ne pas gêner nos bons amis les Belges par l'odeur de ses pieds, de couper tous les passages où l'on voit Gérard Philipe et Micheline Presle. Il resterait un bon documentaire sur les bateaux mouche et la vie en banlieue, et on pourrait l'appeler autrement : par exemple, *L'Eté de la Saint-Martin*. On remplacerait les scènes de luxure par des vues de l'archevêque de Saint-Cucufa en train de bénir les aficionados et tout le monde serait content. En effet, quand on pense que l'on voit dans ce film deux jeunes gens s'aimer sans blablabla, sans vergogne et sans précautions eh bien ! on se dit que ça ne tourne pas rond et qu'il y a vraiment des tourneurs de films qui ont des complexes anormaux.

CHRONIQUE DU MENTEUR

IMPRESSIONS D'AMÉRIQUE

1

Pour ne pas aborder les Etats-Unis avec du préjugé, j'y suis arrivé en sous-marin ; ainsi je n'ai pas vu la statue de la Liberté ; mais cette andouille d'Astruc, qui tenait le gouvernail d'une seule main et tentait, de l'autre, d'aplatir ses cheveux hérissés par l'humidité, a fait une fausse manœuvre au dernier moment et les stars lance-torpilles du port de New York se sont mises à nous canarder, croyant que c'était Blum qui revenait demander de l'argent. Les tor-pilles se sont écrasées sur la coque avec un bruit mat, et Astruc, en essayant de les repousser du pied avec un air de grand seigneur, s'est flanqué à l'eau. Je suis donc entré tout seul à New York. C'est une ville ravissante. Le devant du port est peint en vert, avec de gros anneaux nickelés pour accrocher les sous-marins, et il n'y a pas la moindre poussière. Il était à peu près l'heure de déjeuner. On est venu m'apporter un plateau qui s'encastre juste autour du capot du sous-marin et en même temps j'ai vu un film en couleurs. Ils m'ont dit que ce système-là se pratiquait déjà pour les voitures, et ils pensent l'étendre aux avions et aux gens : on n'aura plus qu'à s'arrêter de marcher, entrer dans une pièce spéciale, s'asseoir à une table, et on vous apportera à manger contre de l'argent ; c'est vraiment une invention intéressante. Ces gens-là sont en progrès sur nous, on ne peut pas se figurer. Et puis ils savent tous l'anglais, ça leur donne une grosse supériorité sur ceux qui ne le savent pas, et, en un sens, on a l'impression qu'ils sont à leur place aux Etats-Unis où tout le monde parle anglais. Après mon repas, je suis parti flâner dans les rues de New York. La première personne que j'ai rencontrée, c'était Hemingway. Comme je ne l'avais jamais vu, je ne l'ai pas reconnu ; lui non plus, aussi nous nous sommes croisés sans rien dire ; quelle ville passionnante. Il y a trop de circulation ; aussi, de place en place, le maire a fait creuser de grandes fosses vers lesquelles les agents dirigent les automobiles démodées qui choqueraient la vue des étrangers. Je suis allé voir l'Empire State de près, mais on venait de le démolir et il ne restait que la cage de l'ascenseur. Celui-ci marchait encore et je suis monté jusqu'au dernier étage, mais comme, à bien réfléchir, il n'y avait pas de raison que cela tienne longtemps (ce n'était accroché à rien), je suis redescendu avant que le garçon s'aperçoive de cette particularité. Ces Américains, des gens étonnants. Je n'ai pas vu une seule jeep à New York. On rencontre pas mal de voitures à ânes poussées par des Nègres. Les ânes se prélassent sur des coussins en mangeant des ice cream au chocolat, clairs ou foncés, suivant la couleur de leur peau. La Guardia interdisait autrefois le port des chemises à carreaux à l'intérieur de New York mais depuis qu'on l'a nommé directeur du zoo et que Mickey Rooney est devenu maire, les mœurs se sont relâchées et j'ai compté en deux heures jusqu'à cinq chemises à carreaux. Au coin de la 52e rue, vers Times Square, j'ai rencontré Astruc. Il venait enfin de réussir à sortir de l'eau. Il m'a offert une sardine, il en avait plein ses poches, elle était plutôt mal en point, son cœur battait comme un soufflet cornu, et elle est morte dans ma main, j'ai pleuré un peu et je suis entré avec Astruc dans un drugstore pour qu'on se remette. On a commandé des triples zombies. Le barman nous a apporté des cuvettes en même temps, parce qu'il voyait que nous étions étrangers. Astruc a bu le premier, mais j'avais rempli ma cuvette avant lui. Juste comme nous allions sortir, nous nous sommes aperçus que dans un drugstore, on n'a pas le droit de servir de l'alcool, et Astruc, qui a le réflexe rapide, m'a dit : ce n'était pas un drugstore. Il doit avoir raison ; aussi j'ai cherché un autre drugstore, et j'en ai trouvé un. Nous sommes entrés. J'ai mis un nickel dans un juke-box qui était là, et nous avons écouté le dernier succès américain, *Symphonie,* chanté par Johnny Desmond. Cela nous a déçus parce que c'est un air français et qu'il le chante en français avec du violon et sa voix de veau mort-né, et Astruc pleurait parce que ça lui rappelait le jour où il était avec sa cousine dans le petit salon, et la mère de sa cousine (je ne sais pas si c'est sa tante, avec lui ce n'est jamais si simple que ça) est entrée, et il n'aime pas qu'on le voie sans pantalon parce que le poil de ses jambes est usé sur les mollets. Je lui ai dit que ses histoires ne m'intéressaient pas, mais on ne peut pas arriver à le vexer. Après, nous avons bu des milk shake, il y avait une serveuse très gentille, mais dans l'ensemble, les Américaines sont tartes, elles ont le derrière qui ressort et pas du tout autant de poitrine que les Vargas girls. Après le milk shake, nous nous sommes payé des amandes salées dans des sacs en cellophane, avant de partir à la recherche d'André Breton et de Charles Boyer, pour bavarder un brin avec des compatriotes. C'était une idée d'Astruc. Je lui ai dit que s'il faisait tout le voyage en sous-marin pour parler français avec des inconnus, ce n'était pas la peine de venir en Amérique. Il m'a répondu qu'on avait déjà parlé de ces deux types en France. Je veux bien, mais moi, je ne lis pas *Le Petit Echo de la mode,* et je ne pouvais pas le deviner. Je lui ai demandé s'il savait où les trouver et il m'a dit : ils sont sûrement dans un bar, il n'y a qu'à les faire tous. Nous avons pensé à prendre chacun un secteur, mais réflexion faite, si j'avais laissé Astruc tout seul, il aurait fini par vendre le sous-marin, et nous sommes restés ensemble. Il était presque cinq heures ; j'ai dit « Allons d'abord au Café Society Downtown ». Astruc m'a regardé avec des yeux ronds et quand il a compris qu'il pourrait danser le swing, il était fou ; il est parti en avant et je l'ai trouvé en pleine action ; au piano il y avait Pete Johnson.

II

J'ai fini par rencontrer André Breton en plein Harlem, dans une petite boîte assez crasseuse, ça s'appelait Tom's ; pas de doute, c'était lui. Mais quel camouflage !... Il s'est passé au noir ; on dirait absolument un vrai Nègre, il a même des grosses lèvres de Nègre et des cheveux crépus, et il parle comme un Nègre. Il se fait appeler Andy, les autres n'ont pas l'air d'avoir beaucoup de respect pour lui. Je lui ai demandé s'il comptait venir en France et il m'a répondu : « ... man. Ah'll stay wid' ma black gal and ma black kids. I'am't no use, man, goin' all' round de world an' catchin' sea sick, crabs an' claps an'lookin' always for fuck. Lawd don't likes that man, sure Lawd don't likes that. » C'est une perte pour le surréalisme..., a murmuré Astruc. Je n'aurais pas cru qu'il connaisse des mots comme ça, mais il l'a dit, et comme il n'y avait rien à faire d'autre, nous sommes repartis. Astruc pleurait un peu, il s'est fait racoler par une jolie fille, assez foncée, mais bien ferme (il y en a beaucoup dans le quartier nègre). En voyant ça, il a pris peur et s'est sauvé en courant, mais il était juste devant un mur et elle m'a aidé à le porter jusqu'au sous-marin, je pense que sa bosse sera partie demain matin. Je l'ai laissé dormir, la fille est restée avec lui ; on ne pouvait pas tenir à trois dans l'entre-pont, aussi je suis reparti en ville, je voulais aller au cinéma. Je suis entré dans un machin de la 55ᵉ rue qui s'appelait le Street Playhouse on jouait un film appelé « It happened at the inn ». L'histoire est assez drôle pour que je la raconte : ce sont des paysans qui s'appellent tous Goupi quelque chose. C'est une idée épatante. Il y a un trésor qu'on finit par trouver dans l'horloge, on dirait absolument une horloge de chez nous, et l'acteur principal ressemble à Ledoux, mais il joue mieux. Il n'y a pas d'acteurs comparables aux Américains pour ces rôles de composition ; je dirai à Astruc d'aller voir ce film demain quand sa tête ira mieux, il s'intéresse beaucoup au cinéma en général. (Je veux dire, quand il n'y a rien d'autre à boire.) Ce qui m'a frappé dans ce film, c'est que j'ai tout compris sans difficulté, sauf les sous-titres, qui me paraissent inutiles.

III

Le plus beau spectacle populaire de New York, c'est la parade devant le palais du maire. Mais personne n'a le droit d'y assister, aussi les jours où elle a lieu, la municipalité fait pleuvoir artificiellement, alors elle n'a pas lieu. Autrement, il serait très difficile d'empêcher les gens de regarder, parce que c'est vraiment un coup d'œil féerique.

IV

Astruc a eu une grosse déception hier quand on lui a dit que d'abord son Charles Boyer (effectivement ils ont l'air de le connaître ici) s'est fait naturaliser citizeune of de grête démocracie, et ensuite qu'il n'habite plus ici, et troisièmement qu'il n'y a jamais habité. Il paraît qu'il est en Californie. Astruc voulait y aller, alors je lui ai représenté que ce n'était pas la peine, car étant naturalisé, il ne parlait sûrement plus français, et pour le consoler de la Californie je lui ai promis qu'on irait à Los Angeles et à Hollywood. Il a protesté un peu, mais j'ai coupé court. C'est lui, ou moi, qui dirige ?

V

Nous avons attendu toute la matinée devant la porte de l'hôtel, en espérant voir lyncher un nègre, mais les New-yorkais sont décidément amorphes. Il paraît que dans le Nevada, on trouve encore des durs. Nous tâcherons d'y passer. Nos valises sont prêtes.

VI

Juste en allant prendre l'avion, un type m'a abordé et il m'a demandé si je pourrais faire une commission à Sartre en rentrant en France. J'ai dit « Allez toujours » et il m'a affirmé que décidément, à la réflexion, il n'était pas d'accord. J'ai répondu « Bon, je le lui dirai ». Et il a ajouté : « Dites-lui bien que tout de même avec une olive et de la glace, c'est supportable à la rigueur ; parce que je ne veux pas être trop absolu. » Astruc a dit : « Quoi ? » Mais il ne comprend plus rien dès qu'on parle d'existentialisme. Nous avons pris l'avion, ils étaient bien embêtés, ils ont dû en emmener un autre.

VII

Cela n'a pas raté. Sitôt l'avion parti, je me retourne et qui est-ce que je vois ? Henry Miller. Je pousse Astruc du coude, mais il s'occupait de sa voisine de devant. Je le laisse à son travail et je regarde Henry Miller. Il a vieilli depuis les jours où je l'avais connu à Paris. Il parle de moi en termes peu flatteurs dans *Tropique du Cancer*. Si peu flatteurs qu'aujourd'hui j'ai été obligé de modifier mon nom. J'ai gardé mon prénom, tout de même. Il ne m'avait pas encore vu et il regardait la petite hôtesse de l'air, charmante d'ailleurs dans son uniforme de plexiglas transparent, et je le voyais s'énerver peu à peu, il n'a pas changé toujours en rut dès qu'il voit de la chair, fraîche ou faisandée. Il a sauté sur elle tout d'un coup ; je sais bien que la compagnie les engage pour ça, mais tout de même, il y va trop brutalement, enfin cela avait l'air de lui plaire, mais un autre voyageur l'a appelée et Miller est resté tout ballot, tout déboutonné : il a vite tiré un carnet de sa poche et s'est mis à écrire. Il écrivait encore quand nous sommes arrivés. Alors il a levé le nez et m'a reconnu, je ne peux pas répéter ce qu'il m'a dit, mais c'était bien son style habituel, ce type-là n'évolue pas. Je suis sûr qu'il regrette le temps où il était dans le ventre de sa mère parce que c'est la seule occasion qu'il aura jamais de voir « ça » de l'intérieur.

VIII

Miller, c'est sûrement pour ça qu'il était venu en France ; Les Américains ne... enfin... ils le font rarement. Presque jamais avant d'être mariés en tout cas. Un petit peu dans les milieux littéraires ou artistiques, et puis les Nègres aussi, mais le jeune Américain moyen va à la YMCA et ça lui suffit. Ce n'est pas étonnant qu'ils bouffent tous du chewing-gum pour se calmer les nerfs, et cela explique la quantité de lait qu'ils consomment, c'est un lénifiant connu. Ceci ne va pas sans conséquences (Astruc prétend que s'il avait le loisir de jouer au baise-bol, il n'aurait pas envie de femmes non plus, mais c'est un menteur. Le baise-bol n'explique pas tout.) C'est notamment pour cette raison que les

Américains divorcent si souvent, m'a expliqué un type ; les hommes qui se permettent d'approcher leur femme plus de deux fois par mois sont considérés comme anormaux, accusés de cruauté mentale et inévitablement condamnés à la pension alimentaire. Il en résulte une incroyable recrudescence d'engagements dans les équipes de baise-bol. C'est actuellement, avec le coca-cola, le sport national américain. Nous voulions voir un match de baise-bol entre deux universités, mais ce n'est permis qu'aux adultes, et je n'ai pas voulu laisser Alexandre à la porte ; alors nous avons tâché de visiter les studios de la Warner en nous faisant pistonner par Charles Boyer, mais nous sommes mal tombés car il est sous contrat avec la MGM ; il ne se l'était pas rappelé au dernier moment. Nous nous sommes fait virer comme des sales, c'était à prévoir, cela n'a pas d'importance, c'est eux que cela privera le plus. Charles Boyer nous a invités à une party pour nous consoler. Des tas de gens intéressants s'y trouvaient : Jean Renoir, René Clair, Julien Duvivier, Jean-Pierre Aumont, Madeleine Lebeau, Claudette Colbert, ils sont tous assez gentils mais ils n'ont pas l'air de connaître très bien la France, je leur ai promis de leur envoyer un film que je vais faire en rentrant, avec Pierre Brasseur dans le rôle de Jésus-Christ et François Mauriac qui sera la fille perdue. Je pense aussi à Paul Claudel pour la dame des lavabos. Gaby Morlay, Jeanne Fusier-Gir, Cécile Sorel, Laure Diana et Denise Grey feront les quintuplettes Dionne, et Jean-Louis Barrault... au fait, il faut un type pour la claquette. Bien entendu, ils sont d'accord, c'est pour le prestige du pays. Je demanderai les dialogues à Jacques Duclos, il a l'habitude, ils ne sont plus que deux au PC, et on nous annonce encore des élections bientôt. Je pensais à Blaise Cendrars, mais il ne parle que de lui (il faut bien qu'il y en ait un). Quant à Sacha Guitry... ma foi, cela fait un bout de temps que l'on... qu'est-ce qu'il a bien pu lui arriver ?

CHRONIQUE DU MENTEUR ENGAGÉ

NOTE LIMINAIRE

Le Menteur, écrabouillé de joie à l'idée de retrouver ses lecteurs fidèles, s'excuse auprès d'eux de la longue durée de son silence, qu'il a occupé à tenter de se faire poursuivre pour outrage aux mœurs, à seule fin de prouver qu'il y en a encore (des mœurs). Ceci fait, l'esprit en repos, le Menteur s'est hardiment élancé sur la voie de l'engagement et la chronique ci-dessous est le résultat de ses premiers efforts ; résultat modeste, sans doute, mais le sujet ne se prêtait guère à la plaisanterie.

PAS DE CRÉDITS
POUR LES MILITAIRES

1

On prétend qu'il subsiste encore, sur ce que chacun se plaît à nommer « notre terre », des individus (car tel est le nom générique des êtres, mâles ou femelles, dont est peuplée la soi-disant planète[1] désignée ci-dessus), dont la préoccupation majeure et les intérêts les plus affirmés sont de manger bien, de boire froid, de se garder le ventre insensible, de se divertir une partie du temps et de se reproduire, volontairement ou non, à intervalles

---

1. Je dis planète faute de trouver un autre mot pour désigner une planète. Que l'on ne croie pas à un parti pris trop évident de ma part.

variables et dans de bonnes conditions. Que cela soit vrai ou non, ce n'est pas ce que cette chronique apériodique se propose de déterminer ; mais le renseignement provenant de gens en général bien informés, et dont le nom à lui seul est une garantie suffisante, il a paru au Menteur que, si réduit que fût le nombre des individus susmentionnés, ils méritaient de se voir consacrer quelque étude fouillée du genre exhaustif en raison de leurs remarquables particularités.

Aussi, supposant vraie l'assertion qui précède, je voudrais tenter de dégager certaines des conditions et des procédés susceptibles de leur permettre une survivance rendue, scientifiquement parlant, intéressante par le nombre minime des sujets qui, raisonnablement, peuvent être considérés présentant les caractéristiques définies plus haut.

Les recherches approfondies, auxquelles je me suis livré depuis que j'ai entrepris de jeter quelque lumière sur cette classe d'individus, tendent à prouver sa décadence progressive et il semble bien qu'il s'agisse, en effet, d'une race en voie d'extinction, analogue à celle des Boschimans ou des indigènes de l'Australie avant la Croisade. Le problème crucial consiste donc à livrer aux lecteurs des *Temps modernes* celles des solutions rencontrées qui m'ont paru de nature à conserver, au moins, des échantillons de cette faune.

Ne tentons pas d'analyser les causes de sa disparition lente : elles sont trop évidentes.

Il y a la lecture des ouvrages de Jaspers, de Gabriel Marcel, d'Alexandre Astruc et du Bureau des Tarifs de la S.N.C.F., causes modernes tendant plutôt à l'aggravation d'un état de fait ; la multiplication des médecins, fakirs, guérisseurs, voyantes et autres rebouteux, facteur sans nul doute beaucoup plus important dénoncé par des esprits lucides (Molière, Georges Cogniot) ; les atteintes à la liberté d'exercice de la dernière des fonctions énumérées, celle de reproduction (virus de Daniel Parker, par exemple).

Il existe un grand nombre d'autres causes spécifiques et souvent locales, mais aucune n'est réellement déterminante, car il a tôt fait de s'établir entre leur développement et les individus visés un équilibre qui aboutit très vite à une symbiose. La vraie, la plus importante, la seule à proprement parler déterminante est la guerre ou, ce qui revient au même, l'existence du militaire.

L'inutilité du militaire est un fait connu que nul n'ose plus discuter en notre siècle de dialectique progressifiante. Cependant, on se borne souvent à lui accorder un caractère neutre (alors qu'il est strictement négatif) et, par une extension insensée, on en vient à adopter à son égard une attitude presque bienveillante : on lui donne quatorze Mercédès à compresseur pour occuper Vienne et promener ses aides de camp quand il n'aime pas les femmes, ou les femmes de ses aides de camp lorsqu'il aime les femmes ; on lui demande son avis sur des choses auxquelles, de toute évidence, il n'entend rien (plans d'aide à des pays dévastés par ses soins, par exemple, etc.)

D'ailleurs, il me faut reconnaître que l'on ne s'aveugle de la sorte qu'à l'égard de militaires moins nombreux que les autres et différenciés par le port d'ornements protecteurs symboliques, dans le choix desquels il entre une bonne part de magie, tels que les feuilles de chêne en or, les étoiles et des tresses jaunes que l'on appelle galons, par contraction du patronyme

Ganelon, qui signifie traître dans tous les pays de langue française.

Le militaire a poussé l'art du mimétisme à un degré très avancé et se présente sous des aspects très différents selon les moyens qu'il se propose d'employer pour réaliser son but éternel, qui est l'anéantissement de la race définie au premier alinéa de ce chapitre, et que nous considérons comme idéale[1]. (Le militaire en temps de paix peut aller jusqu'à épouser la fille d'un représentant mâle de l'espèce et à séduire les adolescents pour les attirer dans les maisons d'illusions nationales nommées Saint-Cyr, l'Ecole de guerre ou Polytechnique.)

Le militaire occupe une partie de son temps à soigner sa propagande et ses déguisements, qui comprennent obligatoirement, lorsqu'il appartient au « grade supérieur », le costume complet de père du peuple, la panoplie de libérateur, et la tenue civile stricte avec microphone.

Une monographie complète du militaire nous mènerait très loin et sortirait du cadre (noir) de cet article. (Ceci me fait penser que j'oubliais un autre exemple de leurs tours : créer à Saumur, centre pro-

1. C'est à ce point précis que le Menteur s'est engagé.

ducteur d'un vin connu, une école de cavalerie, pour que l'appréciation du vin
conduise insensiblement à l'indulgence
pour l'école.) Aussi, je ne tenterai même
pas de l'esquisser, réservant cette étude
pour mes vieux jours (s'ils m'en laissent).
D'ailleurs la seconde partie de la présente
tentative amorcera, par la force des choses,
un rudiment de classification.

II

Le militaire étant donc reconnu l'élé-
ment essentiel d'anéantissement de
l'homme idéal type, quels sont les moyens
rationnels (le DDT s'étant malheureusement révélé inefficace, en dehors de la suppression à laquelle il a abouti de l'emploi,
malgré tout subalterne, de garde-mites) de
destruction ou de compensation du militaire ? L'ensemble des méthodes retenues
peut être présenté sous le titre :

*PETIT MANUEL D'ANÉANTISSEMENT DU
MILITAIRE.*

Grosso modo, il y a huit types de militaires dangereux, trois types anodins, et

deux types inoffensifs. Les huit dangereux sont :

Le Maréchal	et assimilés
Le Général	et assimilés
Le Colonel	et assimilés
Le Lieutenant-Colonel	et assimilés
Le Commandant	et assimilés
Le Capitaine	et assimilés
Le Lieutenant	et assimilés
Le Sous-Lieutenant	et assimilés

Les trois anodins sont :

L'Adjudant	et assimilés
Le Sergent	et assimilés
Le Caporal	et assimilés

Les deux inoffensifs sont :

Le soldat de première classe,
Le soldat de deuxième classe.

Les assimilés sont des types analogues, modifiés pour vivre dans l'eau ou dans la cavalerie : par exemple le Grand Amiral correspond au Maréchal et le Maréchal des Logis correspond au Sergent. (On remarquera l'ingénieuse complication de toutes ces dénominations, destinée à jeter le trouble et la confusion dans les esprits,)

Remarquons en passant qu'une mesure

générale à employer contre tout membre du groupe I, ou officier, consiste à l'appeler Monsieur et à le mettre dans une pharmacie où il servira, chacun son tour, des ordonnances. Et à tout seigneur tout honneur, commençons par le premier :

A) *Destruction du Maréchal :*

Quoique le Maréchal ait longtemps paru indestructible et destiné, en principe à mourir de vieillesse, il y a divers moyens, peu connus, d'en venir à bout :

a) lui remplacer son bâton spécial par un bâton d'agent.

b) arguer du fait que le pluriel de « un Maréchal » c'est « des Maraîchers », et le renvoyer cultiver son jardin.

c) lui arracher la moustache et brûler tous les timbres qui le représentent.

B) *Destruction du Général :*

a) le laisser faire une guerre et la perdre, (auquel cas il passe dans la catégo-

rie supérieure. Une fois qu'il sera Maréchal, on le détruira comme un Maréchal
ordinaire ; ce procédé, dit « du jaguar cas-
qué », peut s'appliquer à tout officier de
carrière, mais il est lent et coûteux).

b) de même que le pluriel de Maréchal
n'est pas en réalité celui que l'on donne cou-
ramment, le pluriel de « un Général », c'est
« des générés » — il suffit d'en prendre deux
à la fois pour pouvoir les enfermer par
paires dans les asiles de fous. — *L'ennui,
c'est qu'il y a toujours un nombre impair de
généraux.* (Ils connaissent le coup.)

c) laisser les autres faire une guerre et
lui dire qu'il l'a gagnée. Puis lui allouer les
quatorze Mercédès, avec le pont arrière
scié en trois, dans un pays montagneux.

d) lui donner à commander un
bataillon d'élite composé de clients du
Club des Lorientais et de ceux des lecteurs
des *Temps modernes* qui paient leur abon-
nement.

e) faire comme s'il n'existait pas et le
snober ouvertement à la revue du Quatorze
Juillet.

114

f) le nommer président de conseil d'administration ou gouverneur des colonies et demander au Viêt-minh de le liquider en douceur.

g) lui envoyer une vision et le laisser devenir roi des Carmélites ou empereur des Jésuites. Ce dernier procédé n'est qu'une mesure de neutralisation temporaire, parce que le pape lui envoie une dispense sitôt qu'il s'agit d'aller déverser de la bombe atomique sur la poire du voisin.

C) *Destruction du Colonel :*

Le Colonel étant, le plus souvent, muni d'un nom qui se dévisse, on l'anéantira par les moyens mis en œuvre par les vaillants ouvriers des usines aéronautiques pour bousiller des filetages : acide, potée d'émeri, coups de burin, traits de scie, etc.

Le Lieutenant-Colonel se détruit de la même façon que le Colonel, avec encore moins de respect.

Le Colonel F. F. I., qui pullule en cas de résistance, est facilement amadoué au moyen de tractions avant transformées en booby-traps.

D) *Destruction du commandant :*

Le Commandant est un gradé plus très usité ; en général, on saute tout de suite de Lieutenant à Colonel, à la faveur d'une guerre de guérilla (d'où l'utilité de la formule transitoire Lieutenant-Colonel). On n'emploie plus guère le Commandant que sous la forme médicale du Médecin-Major. On le détruit en lui donnant sept cent vingt-neuf ablations de la jambe gauche à faire en une nuit avec une scie cassée, à la suite de quoi il s'engage dans l'aviation et se tue de lui-même sur un Bloch réformé de la guerre de 70.

E) *Destruction du Capitaine :*

Le faire passer insensiblement à la catégorie capitaine de pompiers et allumer des incendies partout. Il meurt dans un.

F) *Destruction du Lieutenant et du Sous-idem :*

Leur faire avaler le petit bâton noueux ou stick sans lequel ils sont absolument désemparés et qui présente l'avantage supplémentaire de leur perforer l'estomac, avec les complications.

G) *Destruction des trois anodins :*

Les rendre neurasthéniques en les forçant à regarder toute la journée dans des canons d'armes à feu, rongés par la rouille ; suivant le grade on choisira une mitrailleuse, un fusil-mitrailleur ou un simple mousqueton.

H) *Destruction des deux inoffensifs :*

Enfermer le soldat de première ou seconde classe dans une pièce tranquille en compagnie d'un costume civil et rouvrir la porte au bout de quarante-cinq secondes. Le résultat est immédiat : disparition complète du militaire qui peut être définitive à la condition que les représentants des onze autres types aient été supprimés au préalable.

Les méthodes exposées ci-dessus font naturellement l'objet de brevets dont l'analyse complète sera publiée chez Ch. Lavauzelle et Compagnie. Il est malheureusement à craindre qu'elles ne rencontrent une certaine opposition de la part des milieux bien-pensants. En prévision de cette éventualité, le Menteur a mis à l'étude un plan (dit Plan du Métropolitain) détaillé dont l'application entrera en vigueur dès qu'une décision aura été prise.

AVANT-PROPOS

Lorsque Simone de Beauvoir a prié la traductrice de s'occuper de ce texte, elle se doutait certainement que le Menteur viendrait jeter un coup d'œil sur le résultat. Ceci l'amène à de saines réflexions dont il est juste qu'il fasse part au lecteur :

1) Il semble que les Américains n'aient guère l'habitude de travailler et, sur ce point, nous ne pouvons que leur recommander un séjour dans un camp de concentration type Buchenwald ou Chypre, soit un stage dans les mines de diamants du petit père De Beers, soit une excursion aux plantations de jute de l'Hindoustan, sans oublier quinze jours de vacances dans un kholkose standard ou même un bref pas-

sage à décrasser les chaudières de n'importe quelle centrale thermique.

2) On comprend maintenant que ces pauvres Blancs dont Mr Agee nous décrit longuement la vie pénible dans un gros livre de 471 pages s'ennuient au point de se pendre un Nègre ou deux pour se changer les idées. C'est bien là leur seule distraction, et il est évident que l'on a bien tort de chercher à les en priver. Regrettons seulement que le Nègre ne puisse pas en faire autant car il fait le même travail et doit, par conséquent jouir des mêmes avantages. Il y a là une inégalité qui choque de la part d'une démocratie digne de ce nom.

3) On peut enfin se demander quel était le but de Mr Agee en écrivant ces lignes. Ou bien il faut que ça cesse, et alors il n'y aura plus de coton, ou bien il faut que ça continue, et alors, mieux vaut ne pas parler de ces choses-là, ou bien on mécanise la culture, et il n'y a plus de pauvres Blancs, donc, plus de littérature américaine.

Le problème est d'envergure et je propose d'ores et déjà quelques solutions constructives, selon une formule qui m'est chère.

a) Pendre régulièrement Mr Agee devant un public de Nègres et le dépendre juste avant l'instant fatal pour qu'il puisse resservir ; s'il y reste, ce ne sera pas une grande perte pour la littérature. On aura soin de cinématographier ses derniers instants pour étudier de près la mort héroïque d'un Américain moyen, et pour décourager les jeunes gens d'écrire.

b) Ne plus rien traduire de l'américain, et supprimer du même coup *Les Temps modernes*.

c) Parler d'autre chose. C'est ce que je fais. Qu'est-ce que vous pensez de Micheline Presle ?

Table

Le Livre de Poche s'engage pour
l'environnement en réduisant
l'empreinte carbone de ses livres.
Celle de cet exemplaire est de :
300 g éq. CO$_2$
Rendez-vous sur
www.livredepoche-durable.fr

PAPIER À BASE DE
FIBRES CERTIFIÉES

Composition réalisée par JOUVE

Achevé d'imprimer en mai 2013 en Espagne par
Black Print CPI Iberica, S.L.
Sant Andreu de la Barca (08740)
Dépôt légal 1re publication : novembre 1999
Édition 06 – mai 2013
LIBRAIRIE GÉNÉRALE FRANÇAISE – 31, rue de Fleurus – 75278 Paris Cedex 06

31/4737/8